KB136636

덕소나루에서
인생을 노래하다

덕소나루에서 인생을 노래하다

초판 1쇄 발행   2024년 8월 23일

지은이 | 윤정식
만든이 | 이한나
펴낸이 | 이영규
펴낸곳 | 도서출판 그린아이

등록 연월일 | 2003. 12. 02.
등록 번호 | 제2-3893호
주소 | 서울특별시 은평구 녹번로 6-11, 201호
전화 | 02)355-3035
이메일 | gmh2269@hanmail.net

ISBN 979-11-91376-37-1(03810)

덕소나루에서 인생을 노래하다

윤정식 제3시집

그린아이

남양주 강변의 삶은 약해졌던 몸과 맘을 일으켜 세워주니 그저 즐겁고 행복합니다.

　2집 후 곧바로 『덕소나루에서 인생을 노래하다』를 출간하게 됨을 진심으로 기쁘게 생각하며 만물을 오묘하고 신기하고 아름답게 하신 창조주 하나님께 영광을 돌립니다. 표지 그림을 아름답게 장식해 주신 이명례 화백, 축하의 글을 주신 이성준 담임목사님, 추천사에 이어 시평까지 정성껏 보내주신 최병준 서울시인대학 학장님, 여기까지 이끌어 주신 강순구 목사님, 뒤에서 묵묵히 밀어주는 남편 안삼옥 장로, 문학을 함께하며 격려하며 힘을 주시는 모든 분들께 이 시집을 드립니다. 감사합니다.

시인 윤정식 권사님의 세 번째 시집 출간을 축하드립니다.

사람이 세상에 태어날 때는 모두 시인으로 태어난다고 하는데, 시인으로 살아가는 것을 세상이 쉽게 허락하지는 않는 것 같습니다. 시인의 마음과 시선을 앗아가기 위해 부단히 사람을 길들이는 세상이기 때문이죠. 그래서 시인의 마음과 시선을 간직하고 산다는 것은 누구나 누릴 수 있는 복은 아닐 것입니다.

그 점에서 윤정식 권사님은 복 받은 분입니다. 단지 시를 짓는 분이라서가 아닙니다. 이미 온유한 마음과 따뜻한 시선이 신앙과 생활을 통해 배어나고 있는 분이기 때문이죠. 시는 그런 권사님의 신앙과 생활을 살짝 드러내는 표현 방식일 것입니다.

윤정식 권사님의 시에는 화려한 장식이나 꾸밈이 없고, 소박함과 진심이 담겨 있습니다. 권사님이 그런 분이고, 권사님의 신앙과 생활이 그렇기 때문일 것입니다. 그래서 권사님의 시는 마음에 와 닿습니다.

늘 곁에서 응원하고 격려해 주시는 부군 안삼옥 장로님의 아내 사랑은 권사님의 시를 탄생시키는 중요한 자양분이라고 생각합니다. 두 분을 통해 신앙과 생활이 담긴 소박하고 진실한 시들을 오래오래 들을 수 있기를 기대하면서, 윤정식 권사님의 세 번째 시집 출간을 다시 한 번 축하드립니다.

2024. 6. 23
감람교회 담임목사 **이성준**

【목차】

제1부

봄의 향기 날리니

적십자 약국

이곳에 오고 가는
발걸음 복되어라
봉사와 적십자 사랑
실천으로 빛나네

너와 나 아픈 고통
사라져 없어지고
기쁨과 감사의 노래
웃음꽃이 퍼진다.

약사님 고마워요

동네의 어른으로
처방전 건강상담
1급수 샘물 떠다가
약초물을 달이며
건강을 책임지시며
한약 신약 조제해

사십 년 하루같이
봉사로 지내온 것
남양주 주민들을
한맘으로 사랑하니
부부의 덕소 사랑이
주민 건강 지키네

정약용 곧은 정신
적십자 사랑으로
한강의 신 기적을
몸으로 실천하니
날마다 높은 기상과
주의 사랑 빛나네.

봄맞이꽃

내 님이
사뿐사뿐
저만치 오고 있네

설레는
마음 안고
살포시 다가서니

어느새
그윽한 향기
내 마음을 감싸네.

고독한 그녀

외로움에 떠는 그녀
머리엔 붉은 꽃
봐 주는 이 없어라

알몸이 된 그녀
동굴에 갇혀
추위에 떨고 있어라

따스한 빛
기다리는 그녀에게
그 누가
돌을 던질 수 있으랴.

그녀에게 빛을

동굴 속
따스한 빛 비치니
웅크렸던 몸과 맘
온몸으로 햇살을 받는다

부드러운 손
저를 일으키니
그 사랑 감격하여
가족 사랑 이룬다

어둠에 처했던 그녀
광명을 찾았고
냉소적이던 그녀
기쁨과 감사 넘친다.

구절초 사랑

아홉 번
꺾이어도
다시금 일어서는
어머니 가없는 희생
무엇에다 비할까

하얀 잎
노란 꽃술
우아한 자태로되
한없이 애달프고도
가없어라 그 은혜

마지막
꽃 한 송이
가슴에 안고 사니
그리움 이슬방울 되어
내 마음을 적시네.

봄의 향기 날리니

참냉이 황새냉이
어서 오라 손짓하며
애타게 기다려 주니
못 이기며 내닫네

3월의 냉이 먹고
힘써서 일하자네
열심히 최선 다하면
많은 열매 맺으리

한 수저 입에 대니
냉이의 알싸함이
혀끝을 자극하여서
한 접시는 날아가

냉이 향 된장찌개
단번에 사라지니
노부부 엄지척하며
마주 보는 웃음빛.

세 친구

수업 후 인사동 길 누비는
3인방의 모습이
생기발랄한
청춘들의 날개다

뜨거운 어묵 국물
한 손에 받쳐 들고 마시며
어묵 한 꼬치
먹는 재미 좋구나.

저녁노을

서쪽 하늘 뭉게뭉게
꽃피우는 강변
넋 놓고 바라보는
너와 나

한 알의 깨알도
나눠 먹으며
허접한 집안일도
나눠 가꾸며

알콩달콩 여행으로
웃음꽃 피우고
내일을 창조하며
건강으로 모레를 꿈꾸자.

새해맞이 함박눈

창문으로 본
아름다운 강가
소나무에도 차 위에도
함박웃음 안고
탐스러운 눈꽃이
소리 없이 내린다

축복의 새해
새롭게 맞으라고
더럽고 냄새나는
모든 것들을
다 덮어 새하얀색으로
펄펄 함박눈이 내리네.

언니의 송편

손 공들여 다지고
정을 꼭꼭 담아 만든
쫀득쫀득 고소한 송편

어머니의 모습 그리니
저 멀리 아련하게 피어나며
언니의 미소 은은히 떠오른다

누구보다 당차고 야무져
동생들 교육에 앞장서시더니
아끼던 두 동생
시인 등단하였네

지금도 열심히
컴퓨터 다루기, 한문 서예
배움의 열성과 애착
부디 건강하시고 행복하세요.

연천 부부여행

너 하나 나 하나
친구의 나눔
우정이 솟아나고
부부의 나눔
애정이 피어난다

푸짐한 해물칼국수
새우 홍합 수북하고
전복 낙지 살아서
움찔움찔 춤추니
그 신선함 맛을 더한다

남편 친구 옆동네 두고
가끔 만나서 정을 나누니
서로 배려하는 마음
커피 한 잔 김치 한 그릇
70대 후반의 시린 삶
푸근하고 따뜻해진다.

진푸른 가을 바다

정동진 카페에
두 쌍의 연인
시누와 올케
언제나 다정다감

넉 잔의 커피
맛과 향에 취하고
쪽빛 바다에
가족애 물씬 묻어난다.

건강을 위하여

하루 두 시간
두시에서 네시까지
일주일에 대여섯 번
탁구로 몸 단련하니

하루는 짧고
매일매일 바쁘고
사는 것이 즐거워
웃음이 절로 난다

운동은 필수
혈액순환을 위해
밥맛도 살리고
건강도 살리니

우리 사는 동안
너도 나도 운동하여
몸도 튼튼 마음도 튼튼
100세 인생 즐기며 살자.

할아버지의 숨결

일찍이 천주교에
몸을 담으셨던 어른
그 피를 이어받은 자손

기독교인으로
모두 교회에 열심
목사 사모, 장로 권사 집사
주를 열심히 섬긴다

3,4대에 이르러
큰 나무 되니
믿음의 열매 주렁주렁
믿음의 자손 복되도다.

아버지를 그리며

처녀의 몸으로
종치기 하던 시절
땡그랑땡그랑 종을 치면
시골 농부들 잠에서 깨어
쇠죽, 밥짓기로 하루를 연다

새벽 종
내 딸이 치는 겨
은근히 자랑하시던 아버지

하지만 바쁘다는 핑계로
어르신 체통 지키셨나?
모임엔 참석치 않아

부흥회가 열리면
둘째 딸, 눈물로 호소해
아버지와 친구분
예배당에 오셨다네.

놀이 기구의 추억

큰아주버님
일본 출장 가시면
사다 주신 미니 자동차

빨강 노랑 파랑
섬세하게 만들어져
당겼다 놓으면
쏜살같이 방바닥을 질주한다

또 다른 게임기는
형제의 신나는 놀이
머리 손 운동 즐기며
자랑하며 아끼던 모습

아주버님의 조카 사랑
육 남매의 맏이로
동생들 살피시던
맏이의 애환과 가족 사랑
부디 건강하시고 만수하세요.

인연으로 한 가족

너와 나
다른 듯하지만
하나를 이루니

생각, 마음, 모습
형형색색 달라도
인연으로 한 덩어리

사랑의 보금자리
그리움의 밀물로
한 울타리 이루네

아름다운 동산
너도나도 꽃피워
사랑의 열매 맺으리.

광장시장

먹음직한 음식
순대 만두 고기 국수
빼곡히 첩첩이 쌓여
눈길을 사로잡는다

외국인 내국인 어울려
모여들며 왁자지껄
기대하며 웃음 가득
너도나도 입맛 다신다

어서 오세요!
상냥한 눈빛 웃음
친절함에 거절 못 해
위층으로 안내받으니

단정한 상차림
녹두빈대떡
육회비빔밥
풍성하고 맛있다.

문호리 나루터

수상 스키
서핑 보드 타는 사람들
쉴 새 없이 오고 가니
내 마음은 이팔청춘

너울이
울렁울렁
나루터로 몰려와
내 마음 사로잡는다

예쁜 정자와
유월의 신록 느티나무
그늘을 만들어 주니
양푼이비빔밥 펼친다

바람 부는 강가의
고추장 열무비빔밥
그 맛은 상상의 날개
후식 오이도 꿀맛이다.

꽃을 든 남자

이른 저녁 먹고
산책하는 그이
저녁노을 바라보며
매일매일 걷는다

어느 날부터
들꽃 한 송이
손에 든 그 사람

할망구들 지나치며
그 마누라 행복하겠다
수군대도 개의치 않으니

거실 탁자엔
꽃이 지지 않네
나이 드니 소년이 되는가.

세 자매와 사촌 언니들

대전 뿌리공원 여행
제주 3박 4일 자유여행
한마디 유머, 웃음 빵빵
일행 처질까 팔 저으며
앞장서는 왕 언니의 몸짓
아버지 삼 형제 이야기
가족으로 하나된다

둘째 큰아버지 막내딸
목사 사모인 알뜰 주부
햇반, 곰국, 열무김치
누룽지, 홍삼진액 준비
비빔밥, 갈치찜, 해물탕
꿩샤브샤브 코스요리
버터구이 메밀전 만두
제부는 흑돼지 삼겹살
감자, 양파, 마늘구이 담당

애월 바닷가 폭포 가파도
승마 타기 비자림 기차 타
알찬 자유여행 웃음빛
열매가 주렁주렁 맺힌다.

평창 정선 가는 길

강가의 물안개
몽실몽실 피어오르고
산 위에 운무
목화솜처럼 피어난다

구름은 너울너울
춤추다 사라지고
곱게 물들인 단풍이
여기저기 눈길을 끈다

평창의
육백 마지기 오르니
단풍은 더욱 많아
청송과 어우러져
아름다움의 극치다

정선의 한반도를
내려다보니
아름다움이 절정이구나.

제2부

꽃바람 타고

인생을 노래하다

삶의 애환
누군들 없으랴
살다 보면
이런 일 저런 일

이슬방울 되어
내 맘을 적신다

가을 하늘
시원한 바람
위로와 평안
다독여 살피시니

알알이 열매 맺어
황금빛으로 피어난다.

겨울 여행

필리핀의 겨울은
30도를 웃돌고
망고 바나나 파인애플
상점마다 가득가득

망고는
먹어도 먹어도
질리지 않아
자꾸자꾸 손이 가
그 달달함에 뿅 간다

세계 7대 절경
'팍상한 폭포'
한 바퀴 돌다 보니
신선이 따로 없네

세 번의 저녁 집회
200명쯤 꽉 채우니
나눔과 복음 선교
보람되고 뿌듯하여라.

그해 가을은 뜨거웠다

체육대회 12교구 입장!
황금 볏단 지게에 지고
친정 동네 농악대 동원하니
꽹과리 신나게 울려퍼진다

교구의 지역장인 나 앞장서
미니 치마 치어리더로
전력투구로 응원상 획득
탁구 외 종목 종합 2승!

그해 교구 찬양대회
지휘자 초빙하고
120명 동원하니
그것도, 우승의 영광!

임마누엘 교회사
젊음, 열정, 믿음, 사랑
30년이 지났어도
아름다운 추억으로 남았다.

주님 나라 이루게 하소서

사람이 사는 동안에
이런 일 저런 일 많다 하지만
오늘도 나는 예수 안에서
기쁨과 감사로 찬양하리이다

내 평생 사는 동안에
기쁨과 슬픔이 온다 하여도
내 일생 주께 맡겨 드리며
감사와 찬양으로 나아가리다

오 주여 내게 힘주사
주의 일 힘써 행하며
주 말씀 힘써 전하여
주님 나라 확장되게 하소서.

평화를 위하여

얼마나 울었던가
얼마나 참았던가
다독여 품에 안으니
평화의 종소리 울린다

빨주노초파남보
빛을 부르니
비둘기 한 쌍 날개를 편다

내 맘속에
평화가 솟아나니
깊이 묻힌 보화
캐내어 가져갈 자 누구랴
참 평화 주 안에 있었네.

지방회 장로 부부

오늘은 장로 부부
영성수련회 다녀오다

70이 넘으면
자기를 고집하지 않고
젊은이들을 섬기며
자녀들을 섬겨야 한다

교회에서도
은퇴자라 뒷자리에
머무는 것이 아니라

안내와
새 신자를 도우며
목양장로로 섬겨야 한다는
가르침을 받았다.

주님이 계시잖아요

힘내세요
민 권사님
매일 기도합니다

강하고 담대하라
두려워하지 말고
놀라지 말라

네가 어디로 가든지
네 하나님 여호와가
너와 함께하시리라.

*여호수아 1장 9절 말씀.

나를 위한 축복 기도

주는
공의로우시고 미쁘사
날마다
돕는 자를 붙여
이기게 하시며
범사에
찬양으로
감사케 하신다.

열매 맺는 삶

모진 풍파 못 견뎌
쓰러지면 쭉정이 되고

인내로 견디면
알곡 되어
곡간에 쌓이니

지난 세월
그리움 묻어나
내일을 또 그리니
쌍무지갯빛 고와라.

환희

당신은
내 마음에
늘 함께합니다

어디를 가든
무엇을 하든
늘 함께합니다

오늘 아침
풀잎 이슬 속
찬란히 빛나는
당신을 보았답니다

보배를
품에 꼬옥 안으니
하늘의 기쁨이 넘칩니다

당신을 품은 이 마음
기쁨과 희열로 떨며
감사의 노래를 부릅니다.

진달래꽃

사랑의 기쁨
애틋한 사랑
아름아름 피어나
꽃동산 이루네

연분홍 입술
새롭게 피어나
열정과 사랑
새 노래 부르네

황혼의
금빛 노을
믿음 소망 사랑
영원무궁하리라.

꽃바람 타고

봄 까치
큰개불알꽃
봄을 알리니

치맛바람 날리며
강가로 내닫는다

참냉이
황새냉이
살랑살랑 꼬리치며
내게로 와 안기니

온누리
나물 밭으로
내 발등 밝힌다.

4월의 꽃 잔치

가는 곳마다
벚꽃 웨딩드레스
가로수 터널 이루니
웨딩 마치 맞추어 내달린다

노랑 저고리 분홍 저고리
연둣빛 치마 녹색 치마로
순간 변신하며 우릴 부르네

2,3,4, 팀 이루며
너도나도 꽃 나들이
가는 곳마다 인산인해

먼 산의 꽃봉오리
여기저기 피어나
야호! 야호! 우릴 부르니

너도나도

꽃과 나비 어우러져
잔치잔치 벌인다.

고향의 봄을 그리며

해마다 이맘때가 되면
복숭아꽃 살구꽃
개나리 진달래 싸리꽃
벚꽃 찾아 나선다

매일매일
각종 나물
쑥 뜯기로
집 주변을 맴돈다

밥상은
각종 나물로 가득
냉이 씀바귀 고들빼기
쑥국 쑥버무리 쑥개떡

고향산천 그리며
서리태 송송 박은
쑥개떡 못 잊어
오늘도 쑥을 마냥 뜯는다.

산수유꽃이 피면

설레임 안고
살며시 다가서니
가슴으로 느껴지는
노오란 미소

그 사랑
느낄 수 있어
마음이 따스해지며
행복이 스며드네

그 사랑
나눌 수 있도록
힘쓰고 애쓰면
너도나도 행복하리

영원한 사랑
변치 않는 사랑
세상 끝날까지
함께하리라.

입춘 상고대

강원도 폭설 소식에
남편, 절친 부부와 함께
한계령 가는 길

나무 나무마다
햇살 받으며
보석처럼 빛나니
그 영롱함에 눈을 뗄 수 없어라

소나무의 멋과
눈꽃송이의 아름다움

가지마다 상고대
그 절경과 화려함이
어찌나 눈부시게 황홀한지

내 평생
잊을 수 없는
아름답고 멋진 추억 남겼네.

제3부

새 희망의 노래

고독

여름밤
잠 못 이루고
창밖을 보니

강 건너 가로등
쌍쌍이 반짝반짝
붉게 비치고

내 집 가로등
홀로
외로움에

하얗게 밤을 새워
까만 강물에
몸져누웠네.

꽃봉오리

어쩌다
늦은 시기에
꽃을 피우려는가

천 권 책으로
배우고 갈고닦아
시와 찬미로
주께 나아가리니

이를 보는 자
그를 알고 깨달아
널리 널리
주의 향기 풍기리.

그리운 아버지

당신은
누구십니까
법 없이도 사실 분이여

이웃이 새집 지으면
대들보에 상량문 써 주시는
작은 동리의 어르신

그 이름이
새록새록 그리움 되어
아름꽃으로 피어납니다.

사랑 고백

말을 하지 않는데
어떻게 사랑을 알까
표현하지 않는데
어떻게 사랑을 느낄까

미안합니다
고맙습니다
사랑합니다

내가 먼저 고백하면
사랑은 두 배로
아니 세 배로 돌아온다.

꿈

얼굴에는 웃음꽃
내 마음은 활짝

푸른 꿈 이루니
어깨춤이 나누나

시인으로 거듭나
푸른 꿈 펼치니

빛과 소금 되어
글 향기 날리리.

가문의 영광

일찍이
자랑할 것이
없는 자로 알았더니

읽고 또 읽어
1000권 책에 이르니
시상이 생겨나
시인 탄생이로다

긁적이고 쓰고
다듬다 보니
한 권 책 이르러
작가 탄생
집안의 경사로다.

코로나19

격리 외로움
열흘의 고독
경건의 무릎 연단
그리움 솟아나

아내의 귀중함
깨달았으니
이제는 목마르지
않으리

오고 가는 눈동자
별빛 되어
알찬 내일이
밝은 미소를 부른다.

세월의 흐름

학생은 세월을 빠르게 하고
세월은 노년을 아끼게 하네

노년은 바다를 찾게 하고
바다는 독서를 시원하게 하네

독서는 시인을 자라게 하고
시인은 세상을 이기게 하네

세상은 미래를 꿈꾸게 하고
미래는 우리를 복되게 하네.

덕소나루터에서 길을 묻다

강남 한복판에서
시달리고 찢긴 몸
맑은 물 맑은 공기 찾아
남양주 덕소까지 왔다네

한강을 배경으로 거닐고
꽃과 초목 친구하며
탁구로 몸 단련하니
몸과 맘 건강 찾았네

강변의 노을 붉게 타니
내 마음도 타올라
나팔꽃 활짝 피어
시인의 꿈 이룬다

이생에 남은 여정 길
그대와 함께
오순도순 살갑게
황혼의 꿈 이루며 살리.

황태해장국

황태채 불려 꼭 짜
먹기 좋게 썰어
들기름에 달달 볶다
무채 썰어 놓은 것 함께 볶는다

여기에 나만의 육수
두 번에 걸쳐 넣으며 끓이니
뽀얀 국물이 우러나며
풍미가 집 안 가득하다

콩나물, 파, 마늘 넣어
한소끔 더 끓인 후
계란 풀어 놓은 것
한 바퀴 휘익 돌린다

와! 시원해!
와! 맛있다!

떡만둣국

정월 초하루
아이들이 온다지?
온 식구 다 모이면
떠들썩 집 안 가득하겠네

떡국을 끓이자
국물은 어떻게 낼까
사골국물로 할까
소고기국물로 할까

떡국엔
만두도 만들어 넣고
황백 지단에
소고기, 김가루도 올리자

반찬은 배추겉절이에
새콤한 섞박지도 내놓자
아이들이 좋아하니까
LA갈비도 해야 되겠다.

새 희망의 노래

여기까지
나를 이끌어 준
너의 성실한 미소

시인의 날개로
하늘을 날며
예쁜 꿈을 키운다

이제는
저쪽 하늘을
날아보자꾸나

진솔함으로
펜대를 길게 늘려
감동의 글을 써 보자.

어버이 사랑

봄이면
아버지가 좋아하시던
"참죽나물"
그 사랑 찾아 나서는
발걸음 즐겁습니다

농사철
땀에 전 적삼
향기 되어
그리움으로 젖어옵니다

세 딸의 어머니
여자는 익은 고기라
몸을 항상 조심하거라
그 목소리 그립습니다

틈을 보이면
늑대가 잡아먹으려 한다던
그 목소리
그리움으로 젖어옵니다.

스승의 은혜

나보다 너를
더 생각하는
당신의 사랑
내 마음 녹아져
당신을 우러릅니다

시시때때로
큰일 작은 일
희생과 봉사
온 맘과 정성 다하니
위로와 평안함 얻게 하시네

당신의 향기
온누리에 퍼져
큰 울타리 이루며

당신의 아름다운 동산
시인의 향기 가득하여
온 세상 아름 꽃피우리.

아카시아 향기에

오월이 오면
계단 길 오르던
남산 기슭의 가로수
아카시아꽃내음

그 향기에
학창 시절 짝사랑
아련하게 떠오르며
그리움 살짝궁 밀려온다

그윽한 향기
살포시 안으니
상상의 날개 꽃구름 타고
훨훨 벌 나비 부른다.

도산서원의 발자취

서원에 들어서니
오래된 소나무의 정취
낙동강을 끼고 우아하다

앞마당에 이르니
고즈넉하고 기품 어린 노거수
구불구불 지난 세월 말한다

서당 앞
탐스러운 모란 꽃술에
후학도 귀동자의 모습 어린다

교육을 통해 인간과 사회개조
심혈을 기울인 '성학십도'
출세를 위해 살지 않으니

자기 수양과 후학에 힘쓴
시인이자 서예가 퇴계 이황의
품격과 시름, 낙동강에 어린다.

안동 문학기행

이육사 민족의 슬픔과
조국 광복 기원 염원을
노래한 항일 민족 시인
흩어져 있던 자료, 기록
한곳에 모아 문학관 설립

독립 정신과 업적
학문적으로 정리
264 첫 수감 시 수인번호
저항의 상징 시 세계 암시

퇴계 이황의 14대 손으로
많은 독립 유공자 배출한
역사 깊은 빼어난 안동이여
청포도, 광야의 노래 울려퍼진다.

제4부

복 있는 사람은

하나님의 자녀

말씀대로 살면
좋은 인생으로
순종하는 삶 된다

기준은 하나님께
나와 너, 질서 잘 지켜
진실함으로 순종할 때

새롭게 창조되어
하나님 형상 닮아
주님의 뜻 이룬다.

네 길을 여호와께 맡기라

우린 죄인이기 때문에
늘 결핍함을 느낀다

너의 염려를 다 주께 맡기라
악한 자는 풀과 같이 쓰러지나
주를 의지하는 자 일어서리라

주를 의지하는 자
담대하게 살아갈 수 있다

순종 절제는
말씀 따르는 길
합력하여 의를 이루라
불평하지 말고 따르라

불안해하거나
걱정하지 말라
주께 맡기면
다 이루어진다.

오순절 성령강림

마가의 다락방 120명 성도
합심하여 기도와 찬양할 때
성령이 임함으로 권능을 받아
교회 시작 알리니

예루살렘과 유대와
사마리아와 땅끝까지 이르러
예수 증인 되어
전도가 이루어진다

우리도 성령이 주인 되면
성령의 능력으로 힘입어
성령으로 충만해진다

성령은 거룩하신 예수의 영이다
성령을 통해 완악한 마음 부드럽게 하자
성령의 인도하심과 도우심으로
나쁜 성격과 인품이 변화되자.

기도하는 습관

축복의 길은
하나님의 관점에서
하나님의 뜻을 묻고
맞춰 나가는 시간

내 뜻대로가 아닌
하나님의 뜻대로
반복하고 길들여
자연스럽게 기도할 때

하나님이
함께하셔
주님의 뜻을 이루며
복된 삶을 살게 된다.

첫사랑의 밀어

내 마음 문 열어
그를 처음 만난 날

내 마음 뜨거워져
나는 죄인입니다
조목조목 아뢰며
눈물 콧물로 고백했네

그의 부드러운 손길
다가와 위로하시며
사랑으로 감싸안으시네

그 사랑 감격하여
내 입술의 찬양이
내 마음 그를 향한 사랑이
물밀듯 밀려오네

그 이후로
매일매일 자나 깨나
밀어로 그를 만나니
그의 순결한 신부 되겠네.

인연으로 하나되어

너와 나
다른 듯하지만
하나를 이루니

생각, 마음, 모습
형형색색 달라도
인연으로 한 덩어리

사랑의 보금자리
그리움의 밀물로
한 울타리 이루네

아름다운 동산
너도나도 꽃피워
사랑의 열매 맺으리.

참 평화

내 맘에
새록새록
피어나는 꿈
가져갈 자 없네

날마다
내 맘속에
샘솟는 기쁨
퐁 퐁퐁 솟는다

고난이
몰려와도
주님의 평화
흔들리지 않네

참 평화
평화로다
이 귀한 평화
영원무궁하리.

이슬에 맺힌 보배

당신을 만난 순간
너무너무 황홀했어요
아침 이슬에 햇빛 비치니
탄성이 절로 나왔지요

잠시
당신을 떠나도
또다시 볼 수 있다 생각했죠
하지만 그건 망상이었어요

못 잊어
그 자리에 서성이나
만나지 못함에 애가 탑니다
어찌하면 다시 볼 수 있을까요

어제도 오늘도 매일매일
당신을 찾아 나섭니다
내일의 태양 다시 떠오르고
그 빛에 이슬방울 다시 빛나리.

사람은 사랑으로 산다

율법학자는
율법을 지킴으로
복받는다 가르치지만

잃은 양 한 마리 찾기 위해
아흔아홉 마리 양 길에 두고
찾아 나서는 주님의 크신 사랑

찾으니
너무 기뻐
잔치를 베푸시네

우리의 연약함 고백하고
주님께 도움 청하면
우리를 친히 도우시고
사랑으로 구원하신다

그 사랑받음을
감사로 고백하니
회개 용서 사랑 이룬다.

복 있는 사람은

복 있는 사람은
자기의 욕망에 지배받지 않으며
악인의 꾀를 따르지 않고
죄인의 길에 서지 아니하며
오만한 자의 자리에 앉지 않네

어리석은 자는 하나님이 없다 하나
오직 여호와의 율법을
즐거워하여 사모하며
그의 율법을 주야로 묵상하는 자로다

시냇가에 심은 나무가
철을 따라 열매를 맺으며
그 잎사귀가 마르지 아니함 같이
그의 행사가 다 형통하리라
주의 지팡이가 나를 이끌어 주시네
영생의 말씀이 주께 있으니
내가 어디로 가리이까.

*시편 1:1~6.

나를 아시나이다

나의 생각, 말과 행동 알면
하나님, 다 아시는 것
나의 앉고 일어섬 다 아신다

위엣것을 생각하고
아랫것은 생각지 말라
부정한 입술 문제가 된다

말에 실수가 없으면
온전한 자이다
남 격려하고 힘 주는 데 쓰자

하늘 꼭대기에도 계시고
낮은 데도 계시니
내가 어디로 피할 수 있을까
하나님 항상 나를 보고 계시네

구원의 소망으로 나아갈 때

함께하시고 힘 주시어
이기고 승리하게 하신다

사람이 나를 알아주지 않아도
나의 오른손 붙들어 주신다
하나님 의식하며 살아
하나님 함께하는 삶 되자.

영원한 기업이 되리라

그동안 움츠렸던 영과 육
목회자 동역자 기도 힘입어
소망의 날개 활짝 편다

갈렙이 성실한 마음과
충성으로 온전히 좇았으니
밟은 땅이 너와 네 자손의
영원한 기업이 되리라

85세에도 40세같이
몸과 맘 여전히 강건하여
내 몫의 축복
구하여 받음같이

성실한 갈렙 본받아
아들 손주 영화로움
보고 느끼며 누리라.

세월은 사람을 성숙하게 못한다

너희는 어떻게 행할지를 알라
지혜 없는 자같이 하지 말고
오직 지혜 있는 자같이 하라

성도의 신분을 지키기 위해
세월을 아끼라
비둘기같이 순결하라
자기 자신의 삶을 살라
남의 시선 세상 편견 따르지 말고
자기 의지대로 살라

주어진 시간을
헛되이 쓰지 말고
주의 뜻에 맞게
하나님 기뻐하시는 일에 써라

하나님의 선하시고 기뻐하시고 온전하신 뜻
무엇인지 알고 행하라
오직 성령의 충만함을 받으라.

*에베소서 5:15-16. *마태복음 10:16. *로마서 12:2.

긍휼히 여기는 자

아비가 아들을 긍휼히 여김같이
하나님도 이같이 하신다

예수님 이 땅에 오시어
육신을 입으셨기에
우리의 아픔 아시고 동정하신다

하나님이 나를 용서함같이
나도 남을 용서해야 한다
한 영혼을 긍휼히 여길 때
하늘의 상급 있다

주의 이름으로 걸으라 할 때 걷는 자처럼
남을 긍휼히 여겨
일으키는 사람 되자

긍휼에 의지하여 기도하면
하나님 갚아 주신다.

하나님 나라는 내 안에

하나님 나라는
구약, 신약 다 나온다
하나님 나라 이루기 위해
구약의 십계명
신약의 예수 그리스도

하나님 말씀 지킴으로
하나님 나라 이루는 삶
천국 복음 전함으로
천국의 씨앗 이 땅에 뿌려
하나님 나라 세우자

다시 오실 예수님
이 생과 저 생에
초월적인 나라 바라보자

하나님 나라 이미 왔으니
하나님의 뜻 이루게
너도나도 천국 확장 힘쓰자.

심령이 가난한 자

"심령이 가난한 자는
복이 있나니
천국이 저희 것임이요"

천국은 여기 있다
저기 있다가 아닌
내가 죄인인 줄 알 때
천국은 내 안에 있다

주님을 알게 되면
나를 알게 된다
나는 오직 주님밖에 없다
주님이 살려 주셔야
내가 살 수 있음을 깨닫게 된다.

제5부

십자가의 길

그리스도의 향기

십자가의 죽음 믿는 자에게는
그리스도의 향기
생명의 향기 나고
십자가의 죽음 믿지 않는 자에게는
사망의 냄새 난다

그리스도 향기 내려면
그리스도 모셔야 한다
그리스도 가까이하면
그리스도 향기가 난다

내 안에 그리스도 없으면
악한 생각 교만한 마음
시기 질투, 썩은 냄새가 난다

옥합이 깨어져야 향기가 난다
백합화는 가시에 찔릴 때
더욱 진한 향기를 드러낸다

세상이 힘들게 해도
견디고 이겨 순종하고 따르면
평강, 행복, 주의 향기 날린다.

십자가의 길

사람은
쉽고 편한 길 원하나

주님은
좁고 힘든 길 택하셨네

왜 굳은 결심과 의지로
십자가 지셨나?

하나님의 사랑
십자가의 결정체

십자가의 길만이
죄인 된 우리를 구하는
하나님의 뜻이기에
그 사랑 이루셨네.

신을 벗으라

떨기나무 가운데서
모세야 모세야 부르시니
내가 여기 있나이다

주님이 부르실 때
즉시 응답하면
그는 사명을 주신다

하나님 임재하신
거룩한 땅에서
너는 신을 벗으라

신을 벗음은
나를 낮추고
하나님을 높이는 것

내 권리 포기할 때
주님은 나를 높이시며
일을 맡기고 책임져 주신다.　　　*출애굽기 3:1-5.

새 마음의 노래

회개한 심령에
성령이 임하면

돌 같은 마음 사라지고
말씀에 순종하는
겸손한 마음 주신다

성령을 통해
부드러운 새 마음

하나님의 마음 가진 자
'새 영'의 사람으로
구원의 소망 이루네

절망이
소망 되어
감사하는 삶 된다.

내 안에 거하라

사랑의 열매를 맺자
열매 없는 가지는 제거하고
열매 맺는 가지는
더 풍성하게 맺을 수 있도록
깨끗게 하시리라

내 안에 거하라
그렇지 않으면
열매 맺지 못한다

내가 곧 길이요
진리요 생명이다

내 안에 거하지 않으면
그 가지를 거둬 불살라 버린다

힘을 뺄 때 나에게 힘 주시어
주님의 일 하게 하신다

나를 떠나서는
좋은 열매를 맺을 수 없다.

담을 허시고

둘을 하나로 만드사
원수 된 것
곧 중간의 막힌 담을
자기의 육체로 허시고

율법을 폐하사
화평케 하시고
십자가로 이 둘이
유대인과 이방인을 한 몸으로
하나님과 화목하게 하심이라

둘이 한 성령 안에서
아버지께 나아감을
얻게 하려 하심이라

서로가 다른 것을
하나되게 하사
서로 닮아 성장하여

그리스도 안에서
하나 되게 하심이라.

*에베소서 2:11-18.

숨과 쉼

부활 믿지 않는 자
두려움에 스스로 갇혀
불안, 초조해한다

기쁨과 평강은
주님이 주시는 것

성령을 받으라!
성령은 하나님의 성품
능력과 평강으로
성령의 새사람 된다

말씀 듣고 회개하며
기도와 찬양으로
성령을 사모하면
성령이 생기로 들어와

창조의 역사

생명의 역사
성령의 역사 이룬다.

*요한복음 20:19-23.

성전 건축 중

너희는 이제부터
외인이 아니요
나그네도 아니다

오직 성도들과
동일한 시민이요
하나님의 권속이라

건물 지을 때
기초석 머릿돌에
연결해 짓듯
성도들 하나하나가
연결되어 성전이 된다

너희는 성령 안에서
하나님이 거하실
처소가 되기 위해
그리스도 안에서 함께
지어져 가느니라.　　　　　　*에베소서 2:19-22.

빈 들에서

빈 들은 낮은 곳으로
외롭고 괴로우며
고통스러운 곳이다

하지만
하나님을 만날 수 있는
영적인 장소 벧엘이 될 수 있다

하나님 앞에 엎드려
하나님 음성 들으며
나를 내려놓고 비우니
말씀으로 가득 채우신다

외로움, 고통 닥쳐올 때
주의 말씀으로 채우니
신령한 은혜의 장소
축복의 장소가 된다.

다윗과 골리앗

거인 골리앗
하나님의 백성
이스라엘 모독하는 말

의분한 다윗
너는 칼과 창 의지하지만
나는 만군의 여호와 이름으로
너에게 나간다

조약돌도
주님이 쓰시면
기적이 나타난다

나를 위협하는 골리앗
하나님께로 난 자들은
능히 이긴다.

성령의 아홉 가지 열매

성령의 열매는
사랑, 희락, 화평
오래 참음, 자비, 양선
충성, 온유, 절제니

예수님의 인격과
하나님의 성품을
보여주는 것

사랑은
모든 것을 참으며
모든 것을 믿으며
모든 것을 바라며
모든 것을 견디느니라.

*갈라디아서 5:22-23. *고린도전서 13:7.

주의 자녀의 기도

너는 내게 부르짖으라
내가 네게 응답하겠고
네가 알지 못하는
크고 비밀한 일을
네게 보이리라

주의 응답 사모하며
주께 부르짖으니
기도 외에는
이런 유가 어찌 있으랴

기도 응답
믿고 감사합니다
영광 받으실 주님
기뻐하며 찬양합니다.

*예레미야 33장 3절.

저편으로 건너가자

예수님은 무리를 떠나
제자를 데리고 떠나신다
우리는 저편으로 가
제자의 길을 살아가자

무리는 상황에 따라
언제든지 떠날 준비됐고
우리는 주님과 함께
언제든 살아가기로
결단하고 따르며 행한다

바다 풍랑 몰아쳐 불어도
주여! 우리를 돌보소서!
간절히 부르짖으니
꾸짖으사 바람도 잔잔해

아브라함의 순종을 통해
모세의 순종을 통해
인간의 자발적 순종을 통해
하나님 역사하시며 일하신다.   *마가복음 4:35-41.

성령 충만함을 받으라

술 취하지 마라
술의 지배를 받는다
이는 방탕한 것이니
오직 성령 충만으로
성령의 지배를 받으라

성령 충만을 거부하면
성령을 근심 되게 하는 것
하나님 나라 이루기 위해
성령 충만을 받아야 한다

하나님 나라 우리 마음에
이뤄지지 않으면
불안 초조 걱정 근심 있고
성령 충만하면
용서 사랑 평안과 기쁨이 충만하다

주님!
나를 주의 성령으로
충만하게 하소서 아멘.

주의 산에 오르자

올리브 산 정상
예수 부활 승천
기념교회 세웠다

하나님과 우리가
피난처 되신 예수를
만나는 곳

기도함으로
주의 광대함을
실감케 하는 곳

이제부터 영원까지
위대하심과 신비함으로
감싸 안아 보호하시는 곳

내가 너와 함께 하겠다
약속대로 축복하시며
가르치고 예배하는 곳.

3박 4일 동해 여행 외 1편

3박 4일 동해 여행

화요일에 떠나기로 계획했지만, 하루를 못 견디고 월요일 오전 10시 정각에 남편의 기도로 우리 부부의 여행은 시작됐다. 평생 처음 받아본 코로나 19 양성자 위로금으로 휴양차 여행길에 나서자 화창한 날씨에 구름이 뭉게뭉게 두둥실 떠가니, 더없이 즐겁고 들떠 행복한 여행을 기대하며 인제 내린천 휴게소까지 쉬지도 않고 단숨에 달려 도착한다.

우리의 여행 버킷리스트 매운 어묵바 두 개를 공기 좋은 야외 테이블에서 먹으며 대나무숲을 배경으로 기념사진도 남긴다. 인제 IC를 나와 국도 양양 쪽으로 나서니, 아카시아 꽃향기가 코끝을 스친다. 아침가리, 연가리, 적가리, 방동계곡, 진동계곡, 방태천계곡, 방태산, 방동약수, 이름도 예쁘고 계곡물 흐르는 소리와 함께 새 소리도 들리니, 그 상쾌함과 경관이 너무 아름답다.

곰배령 이정표가 나와 시간도 바쁠 게 없어 들어서니 명이나물 농장이 눈길을 끈다. 섣달 열흘가리도 지난다. 우리는 계곡물이 흐르는 예쁜 정자에서 아이스박스에 챙겨 온 음식, 열무김치에 고추장, 참기름, 깨소금까지 듬뿍 넣어 큰 그릇에 쓱쓱 비벼서 먹으니 그 맛이 집에서 먹는 것과는 비교도 안 될 만큼 꿀맛이다.

이름도 예쁜 조침령을 넘어 목적지 양양, 속초에서 쉬며, 해변 산책과 사진을 남기며 여유로운 시간을 보낸다. 역시 동해는 확 트여 시원하며 코로나로 찌든 몸과 맘을 깨끗이 씻어 주는 듯 기분이 상쾌하다. 인근 횟집에서 회를 떠 준비한 당근, 오이를 대충 채썰고 상추를 쑹덩쑹덩 뜯어 넣고 초고추장과 와사비를 섞어 회비빔밥으로 먹으니 일류식당은 저리가라다. "윤정식 회덮밥 출시!" 먹는 행복을 만끽한다. 코로나19 땜에 사람을 멀리하고 식당도 조심스러워 오직 자연과만 함께하니 절약 만점, 외옹치항에서 차박으로 첫날밤을 보낸다. 아침은 라면으로 해결하고 장소를 옮겨 낚시하기 좋은 바닷가에서 한가로이 책과 바다를 벗 삼고, 남편은 오랜만에 낚시 도구를 구입하여 낚시를 벗하여 그림 같은 시간을 보낸다. 두어 시간 지나 낚은 물고기는 작은

가재미 두 마리와 작은 물고기 두 마리뿐이다. 우럭 한 마리를 사다 보태어 별 양념 없이 소금으로 간하여 지리매운탕을 코펠에 끓이니 뽀얀 국물이 나며 어찌나 맛있던지…. 김치야채, 햇반 한 개로 포식을 한다. 장소를 죽도로 옮긴다.

거기에는 한쪽은 서핑 초보생들이 얕고 잔잔한 바다에서 연습하고, 한쪽에는 젊은 연인이 모래밭에서 찜질을 하며 즐긴다. 우리는 소나무숲에서 의자 두 개를 바다를 향해 펼치고, 책과 더불어 시간을 보내다가 인가로 나가 소머리국밥과 황태국으로 저녁식사를 한다. 산책 후 돌아와 밤하늘을 벗삼아 "저 별은 나의 별 저 별은 너의 별" 옛날 동심으로 돌아가 본다.

셋째 날 아침도 라면과 햇반 한 개로 하고, 오전 낚시를 하다가 접고, 죽도에서 출발하여 인구해변, 남애항, 경포대 사천 해변길을 드라이브하다가 주문진 안목해변에서 광어회를 떠 송림숲에서 사온 햇반 두 개와 함께 오이, 당근을 초장에 찍어 먹으며 포장 생선회를 먹는 재미와 지치지 않는 회 맛은 일품이다. 바닷가를 거닐다가 영진해변 커피숍에서 차를 마신 후, 그리운 마이홈으로 빨리 달린다.

폭우 속 여행

　잔뜩 흐려 비 올 것 같은데? 장맛비가 쏟아진다는 예보에도 "비 오면 더 좋아"라며 밀고 나가는 남편 성격 때문에, 빗방울이 후드득후드득 떨어지기 시작하는 새벽 6시에 동해를 향해 출발이다. 오랜만의 외출은 기분이 좋았고, 먼 산의 운무도 아름답기만 하다. 인제 내린천 휴게소까지 직행하여 한 시간 30분 만에 도착했다. 커피와 우유로 목을 축이고 고속도로로 갈까 하다가 여러 개의 터널 속을 달리느니 아름다운 계곡을 둘러보기로 결정하고, 삼둔 사거리 길로 들어섰다. 생각대로 멋진 황금 소나무가 반기고, 아름다운 계곡의 물소리를 들으며 도라지꽃, 메꽃, 해당화를 구경하면서 동해에 다다랐다.

　물치항, 물치등대, 대포항, 외옹치항을 바라보며 싸온 도시락으로 아침을 먹는다. 노점에서 복숭아 한 봉지도 샀다. 낚시할 것을 생각하니, 지난해

여름 2kg급 눈먼 광어(?)가 낚시에 걸려 끌어 올리며 환호하고 즐겼던 일이 떠오른다. 목적지에 도착하니 낚시꾼은 단 한 명뿐이다. "고기가 많아요?" "네." 단답이다. 눈을 씻고 다시 봐도 고기가 안 보여 "고기가 어디 있어요?" 하니, 웃지도 않고 "바다에요" 한다. 나는 호쾌하게 한바탕 웃었다.

우리는 낚시하자는 생각은 없었던 일로 하고, 바닷가 외옹치항 둘레길을 걸으며 바다를 배경으로 사진도 찍고, 몇 장의 꽃사진도 남긴다. 비가 후드득 하니 손에 들었던 우산을 펴 같이 쓰고 걷는다. 장맛비에 후줄근하고 춥던 몸이 훈훈해지고 따뜻해진다. 자연과 함께 바다를 보며 회를 먹자고 합의해 회센터로 가서 회를 뜨고 매운탕거리도 챙겨 우리의 안식처인 죽도로 향한다.

죽도는 매해 오는 곳으로, 장마철인데도 불구하고 열 명씩 무리를 지어 여기저기 젊은 물개들이 뜨거운 피를 자랑하며 서핑으로 뛰논다. 바다를 보며 자리를 잡고, 우리는 매운탕을 끓이며 회 떠온 봉지를 푸니, 한 접시가 아니고 두 개의 큰 접시에 놀랐다. 한 접시는 몇 달 굶주린 양 게눈 감추듯 먹었다. 따뜻한 국물이 생각나던 차에 매운탕을 한 코펠씩 안고 뜨거운 국물을 떠 마신다. 그 맛은 상상 이상이다. 회와 매운탕으로 배가 차니 한 접시는 어떡하나? 잠시 스토리 벗님들을 그려본다. 부른 배를 달래며 개장한 '죽도 해수욕장'을 둘러보니, 장마와 코로나가 다시 시작한다는 예보 때문인가? 한산하다. 두어 달 장사로 1년을 사는 사람들을 생각해 본다. 경기는 침체되고 가게는 하나 둘 너도나도 문을 닫으니, 코로나는 물러가고 경제가 다시 일어나 온 국민이 잘사는 시대가 빨리 오기를 간절히 기도한다.

이젠 빗줄기가 더 굵어짐을 느끼며 우리는 차에 탑승하여 우리의 안식처 마이홈을 향하여 달린다. 비는 폭포수같이 더욱 강하게 쏟아져 차창 전면이 뿌옇게 되어도 우리는 CD 올드팝을 함께 부르며 집을 향해 달리고 있었다.

다울 **최병준**

서울시인대학장, 시인, 문학/공학/신학박사, 문학평론가

시집 출간을 주님의 이름으로 축복 축하합니다.

이 시집은 그리스도인의 삶과 신앙을 기도로 노
래한 주옥 같은 영성시들입니다. 시인은 십자가의
죽음, 그리스도의 향기, 가야 할 길 등 신앙의 핵심
주제들을 깊이 있게 표현하고 있습니다.

특히 「그리스도의 향기」라는 시에서는 그리스도
인이 지녀야 할 삶의 자세와 태도를 생생하게 보여
줍니다. 또한 「십자가의 길」에서는 주님을 따르는
것이 쉽지 않지만 그 길이 우리를 구원으로 이끌어
간다는 메시지를 전합니다.

또한 「신을 벗으라」, 「새 마음의 노래」 등의 시에
서 하나님과의 관계, 회개와 성령의 역사, 하나님을
아는 지식 등 신앙의 다양한 측면을 다루고 있습니
다. 이를 통해 시인은 그리스도인들이 신앙생활에

서 겪는 여러 과정과 경험을 생생하게 표현하고 있습니다.

'성령의 열매', '성령 충만함', '예수님의 제자가 되는 것', 그리고 '산에 올라가 하나님을 만나는 것' 등 다양한 주제를 담고 있습니다.

성령의 열매인 사랑, 희락, 화평, 오래 참음(인내), 자비, 양선, 충성, 온유, 절제에 대해서도 노래하고 있습니다. 이러한 열매들은 예수님의 인격과 하나님의 성품을 보여주는 것으로, 사랑이 모든 것을 참으며, 모든 것을 믿으며, 모든 것을 바라며, 모든 것을 견디는 것을 강조하고 있습니다.

술에 취하지 말고 성령 충만함을 받아야 한다는 것을 강조하며, 성령 충만함을 거부하면 성령을 근심하게 하는 것이라고 노래하고 있습니다. 성령 충만함을 받으면 하나님의 나라가 우리 마음에 이루어지며, 용서와 사랑, 평안과 기쁨이 충만해진다고 강조하고 있습니다.

「주의 산에 오르자」라는 시는 올리브 산 정상에 있는 예수 부활 승천에 대해 노래하고 있습니다. 이곳은 하나님과 우리가 만나는 곳이며, 기도를 통해 주의 광대함을 실감케 하는 곳이라고 말하고 있습니다. 이곳에서 우리는 하나님의 보호와 축복을 받을 수 있으며, 가르침과 예배를 통해 하나님과 교제할 수 있다고 말하고 있습니다.

이 시들은 기독교적인 신앙과 예수님과의 관계를 중심으로 하고 있으며, 성령의 열매와 성령 충만함, 그리고 예수님의 가르침과 교리에 대한 중요성을 강조하고 있습니다.

윤정식 시인의 시집에 실린 시들은 전반적으로 그리스도인의 신앙생활을 깊이 있게 다루면서도 시적 아름다움을 놓치지 않는 수준 높은 작품들입니다. 그리스도인들에게 큰 울림과 감동을 줄 것으로 기대하며, 적극 추천합니다.